KB089927

화산문고 시집시리즈

아직은 너를 사랑할 때

바라만 보아도 설레는 당신.
사랑하고 있으면서도
사랑하고 싶은 당신.
아직도 너를 사랑하기에
아직은 너를 사랑할 때.

著者 정 용 갑

도서출판 화산문화

아직은 사랑할 나이에...

계절은 바뀌어도 세상의 시간은 멈춘 체 가는 세월만 바라보고 있어야 하는 나약한 군상속에 잠시잠시 모아놓은 이야기를 풀어놓는다.

언제나 그랬듯이 맨 얼굴을 드러내는 어색함을 안고 한 글자씩을 써서 모아 마음을 표현하는 것이 때로는 어렵고 힘이 들다는 생각도 가끔씩은 있지만 음악 한 줄 깔아놓고 내 마음가는대로 펜과 함께 하는 시간의 즐거움이 인생의 행복을 안겨 준다.

사람은 누구나 마찬가지지만 직업적으로 하는 행위와 자신이 즐거워하면서 하는 행위는 자신의 수명 연장과 밀접한 관계가 있다고 한다. 그만큼 대뇌에서 받아들이는 인생의 멜로디가 틀리다는 이야기지 않을까 싶다.

사노라면 기쁜 일도 슬픈 일도 있다지만...대중가요 중에서 그런 가사가 있지만 인생은 가사처럼 살아지는 것이 아니라 사노라면...살아진다가 맞는 말이지 않나 싶다. 어차피 사는 것 살아지니 내가 원하는 대로 살아야 하지 않을까?

인생은 잠시 왔다가는 소풍같은 시간이기에 함께 모여 함께 즐겁게 살다가 어느 날잡아 조용히 떠나는 것이 우리가 인생을 찾아온 이유가 아닐까...

행복한 이야기를 얘기하는 사람과 있으면 행복해지고 세상에 대한 불평을 뿜어대는 사람과 있으면 내일의 삶은 존재하지 않는다고 했다.

우리, 인생이란 짧은 시간을 머물다 가지만 아직은 누구를 사랑할 때 행복도 함께 찾으면서 살아가자!

2020년 9월 1일

정 용 갑

- 차 례 -

제 3 장

제 1 장

너를 사랑할 때

그리움

첫사랑 소녀가 보고싶어
여행을 떠난다.
그곳에 가면 있을것 같아
무작정 몸을 싣고
열차는 달린다.

그곳에 가면 있을것 같아
가슴 설렌 밤을 지나
서설이 내린 철길위로
내 마음같이
바쁘게도 내달리는 완행열차.

그곳에 가면 있을 것 같아
춘천행 열차는 늘 설렌다.
그래서 그립다.
그녀도...
춘천행 완행열차도...

노란 리본

아직도 떠나지 않았니?
하늘에 떠있는 슬픈 아이들아!
엄마가 보고 싶어 아빠가 그리워
노란 리본에 걸터앉아 이승을 바라보니...

너희들의 목소리가 들리면 대답을 할텐데
너희들의 눈물이 떨어지면 받아 놓을텐데
무표정한 얼굴로 한 줄로 앉아
바라보는 너희는 말을 해보렴.
부끄러움만 남은 찬 바다를...

왜 아직 가지 못하고 노란 리본을 타고 있니?
너희가 탔던 세월호가
어두운 바다에서 다시 밝은 빛을 본다니
너희도 반가운거니...
아니면 아직도,
너희들 곁에 오지 못한 아홉 친구를
찾으려고 지켜보고 있는거니...

노란 리본에 걸터앉아
엄마를 찾으며 흘리는 눈물이
아직도 마르지 않은 것은
너희가 가지 못한 이유인 것일까...

아직은 너를 사랑할 때

바라만 보아도 설레는 당신.
사랑하고 있으면서도
사랑하고 싶은 당신.
아직도 너를 사랑하기에
아직은 너를 사랑할 때.

어느날에
들길 지나가는 당신을 보고
수국 한송이에 가려진 당신을 찾으러
그 많은 꽃들에게 물어 보았지요.
내 사랑은 어디에 있나요!

어느날에
당신이 펼쳐놓은 노트에서
밤하늘 오로라가 반짝이는
유성을 지워버렸어요.
당신이 떠나버리면 슬퍼요...

바라만 보아도 설레는 당신.
구름이 지우랴
바람에 깎일세라
아직도 너를 사랑하기에
아직은 너를 사랑할 때.

사랑이 있었다

사랑이 있었다.
남이 아니라고 했는데
남으로 떠나갔다.

늘
곁에 있을것만 같던 그런 사람이
멀어져 갔다.
내 미음을 가지고...

돌아오지 않을 사랑을 건너야 한다.
그런 사랑이 있었다.

볼 수 없는 미명의 그림자가
이젠 남았다.
아파해야 할 그만큼만 남았다.

덜 쪼갠
기억만 살아가야 하나보다.
아직도 많은 기억들을 말이다.

가을밤 풀벌레 울음소리

가을밤 깊어가고
소쩍새 울음소리가 더욱 구슬프게 들리는
10월의 마지막 날입니다.
푸르렀던 은행닢도 노오랗게 물들더니
가을밤 능청대는 바람에
소리없이 거리로 떨어져 나뒹굽니다.

골목어커에서 들려오는 거리의 악사 노래.
대학로 가을밤을 짙게 물들이는
버스킹의 노래.
능청이는 바람소리.
소리없이 내려앉는 가을밤...
벌써 중년의 한해가 가고 있습니다.

가을밤
풀벌레우는 소리에 실려
우리의 계절은 흘러가고 있습니다.
누가 가자고 했냐고요...

빗소리

빗소리가 좋다.
님이 오는 소슬바람소리 같아 좋다.

오랜만에 만난 님 같아
설레어 더욱 좋다.

사랑을 떠올릴 때마다
가슴 떨리는 기억속에 빗소리가 있었다.
빗소리가 있었다.

사랑이 비켜간 돌담 아래에
님의 속삭임이 묻어나와
가는 길을 막아선다.
아직은 돌아가지 말라고
아직은...

빗속으로 오고 있다고
빗속으로...
빗소리같이...
빗소리가 좋다.

사랑이 오는 소슬바람소리 같아 좋다.

가을 사랑

가을비 내리는 은행잎 소린가
겨울을 기다리는 바람잎 소린가
떨어지는 도시의 밤소리는
누군가를 그리워하는 색소폰소리.

시간이 지나면서 더욱 짙어지는
도시에 떨어지는 음악소리가
부슬부슬 내려앉는 가을비에
젖어,
젖어,
가슴에 내려앉는다.

가을인가 했는데....
겨울인가 해야 하는데
가을 사랑을 두고
겨울의 사랑을 기다려야 하나...

가을 사랑.
아직 가지 않은 사랑이면
부슬부슬 내리는 가을비에
마음을 전해 본다.
그대
사랑...

비가 온다

시간이 멈춰버린 도시에
비가 온다.
슬픈 비
슬프니 슬픈 비다.
왜 슬플까...

시간이 멈춰버린 곳에
모두 멈춰버렸다.
우리도
계절도
사랑도
그곳에 슬픈 비가 내린다.
그렇게...
슬픈 비가 도시에 내린다.
나의 열린 창가에도...

보고 싶다

오늘,
그녀가 많이 보고 싶습니다.
잿빛 하늘에
구름하나 보이지 않지만
하늘에 떠있는 구름속에
토끼구름,
뭉개구름 찾아
그녀의 마음을 그렸던
눈망울이 예쁜 소녀...

오늘,
그녀가 많이 보고 싶습니다.
다시는 읽지 않을
낡은 일기장에
그녀 이야기
속속 숨겨놓고 싶은 말들.

참을 수 없이
그녀
오늘,
그녀가 보고 싶습니다.

당신이기에

당신의 눈동자에
내 모습을 그려요.

당신속에 나를 두고
살아가고 싶어요.

당신만이 나를
살아가게 하는 이유입니다.

당신이 없으면
나도 있지 않아요.

당신을 바라보고 있어도
그래도 당신이 그립습니다.

당신을 위해
나는 살고 싶어요.

당신을 위한
사랑만을 만들면서요.

당신만을 사랑하는
남자랍니다.

사랑살이

허울너울 허울너울
사랑하는 그대
사랑 이야기 들어주오.

곱디 고은 사랑살이
노란 민들레 꽃잎에
어여쁘게 새겨놓아
구곡의 마지막 봇짐 쌀 때까지
한 세월 묻어 놓고
사랑살이 잠시 소원할 제
여미살 꺼내
해후해 봄 짓 할까...

허울너울 허울너울
그대와 사랑살이.

입동

가끔은 내가
나의 어머니를
서운케 할 때
우리 어머니는
어디로 가야할
집이 있을까 생각해 본다.
형님네...
누님네...
그럴적마다
가슴 한켠 멍해진다.

내 어머니이기에...
겨울드는
입동일이기에 더...

사랑바라기

첫사랑 소녀의 치맛자락이
꽃구름에 일렁이면
나의 심장은 멎어 버린다오...

첫사랑 소녀의 입술이
앵두빛에 물들면
나의 심장은 멎어 버린다오...

첫사랑 소녀의 눈망울이
호수에 비칠때면
나의 심장은 멎어 버린다오...

첫사랑 소녀의 손짓이
나를 오라할 때
나의 심장은 멎어 버린다오...

첫사랑 소녀의 노랫소리가
창가를 두드릴 때
나의 심장은 멎어 버린다오...

인생길

인생사
어울렁 더울렁
살으실제 사랑하고
죽으실제 보시하고
남기고 갈 무엇이
있으면 무에하리...

나 있을제
너도 즐거운 것이
사는 것이 아니던가!

울 엄마

내가 너무 많이 사용해서
고장이 나셨나보다.

다 닳은 관절 인공뼈 시술하시고
몇 날 입원하셨는데
아침에 눈을 뜨시더니
집에 가고 싶다고 칭얼하신다.

족히 이삼십년은 입으셨을 옷가지 챙기는데
길었던 몸뻬바지는 왜 이리 짧아지셨나요.
내 인생도 반백이 넘었으니
저 노인네는 얼마나 됐나.

내가 정말 많이 사용해서
모두 달아 버렸나보다...
이제는 내가 많이 사랑해서
남은 것 아껴 써야겠다...

창밖엔 매운 찬서리 내리는데
나의 볼엔 뜨거운 눈물이 내린다.

제 2 장

바람 부는 날

구절초

아홉 번 죽었다 다시 피어나도
우아한 자태 그대로라는 구절초여!
그윽함 이 가을...
내 마음을 적신다.

모습이 어여뻐서인가
향기가 고와서인가
아홉 번 꺾여도
다시금 고태를 피우는 구절초여!

기을을 물들이고
내마음을 물들이고
푸른 하늘에 수를 놓아
별이 된 너 구절초여!

어느 늦가을에

가버린 날들을 접어두려는
아직은 때 묻지 않은 가을이 남아있어
무작정 나선 어느 늦가을의 여정.

시린 날씨만이 몸을 움츠리게 하고
묻어있는 상념들은 떨어지지 못한 채
더욱 폐부 깊숙이 들어오기만 한다.
낯설은 지방의 좁은 여인숙에서
하루 밤 기거하며 등을 대 보아도
시린 얼굴만이 떠오르고
작은 창으로 반쪽이 된 달빛이 매달려 있다.

아직도 많은 날을
살아가야 한다는 부담을 안고 있는
한 사내의 무거운 발춤새가
흔들리는 밤공기에 공감되어
겨울바람에 썩인 바람이 되어 버린다.

아무 소리도 외울 수 없어
종이에 적힐 수밖에 없는
미음속 살아있는 내 응변의 모양새들.

시들어 가는 모습들이 한가닥 가닥 나 버린다.

자욱한 빗길속에 살아있는 안개만이라도
되어 있고픈 외침들.
잠든 사람의
영혼에 살아있는 작은 육체라도 되어 있으련만
기억에 사라져가는 슬픈 발춤새.

가버린 날들을 접어두려는
아직은 때묻지 않은 기을이 남아있어
무작정 나선 어느 늦가을의 여정.

동강

흘러라
흘러서 가라.
저 강물에 하나도 남기지 말고
훠이훠이 흘러흘러 가라...

슬픔은
남은 나의 것이고
저 강물따라 떠난 건 너로구나.
저리저리
남기지 말고 모두 갖고 가거라.

흘러 흘러서
훠이훠이 흘러 가거라...

꽃등

내 누이 꽃등타고
곱게 물든 가을빛 마을
항고사태 언덕을 넘어가고 있다.
이승 떠나는 조방울 소리.
어린 동생들의 흐느낌 소리가
석양 길에 길게 길게 늘어진다.

서러움에 그리움 안고
대청마루 걸터앉아 소낙 눈물 흘리시는
겉껍데기 애미를 남겨두고
어찌 홀로 꽃등을 타고 가는가...
댕기머리 내 누이 그림자로 뚝뚝 떨어지는
남은 여명은 지울 길이 없구나.

저편 가을
크낙새의 쉰 울음소리에 섞인
까마귀 우는 소리는
내 누이 꽃등 길을 따라가고
이승 떠나는 조방울 소리는
기우는 가을 달밤에 매달려만 있다.

동무들아!

비가 오네...
내일 함께
여행할 친구들 얼굴이
소록소록 보슬비에 새겨지네.

한달, 두달...
일년, 이년 지났어도
어제 만난 듯 다정한 얼굴들이
새벽내내 창가를 두드리는
빗방울에 아롱거리며
반가운 이 밤을 설레게 하네...

이 밤이 참 길게 느껴지는
설렘이 좋다.

봄노래

철길따라 가지런히 내린 등나무꽃이
화려한 봄이라고 춤을 준다.
엊그제 용수골에서 재잘대던
동무들 목소리처럼
봄의 노래인 듯
오후의 그림자를 따라온다.

다시
도심의 일상으로 돌아가는
나의 발걸음이 더딘 것은
나만의 고뇌는 아니겠지...

비오는 종로거리

종로거리에 비가 온다.
비틀거리는 우산속에
사랑하는 여인의 속삭임 소리가
무수하게 내려앉는다.

우산을 접으니
그 여인의 목소리가 전해져 온다.
사랑했던 사랑소리...
그녀의 손에 전해져 오는 짜릿한 전율...
기억하고픈 사랑이 떨어지는
시간들...
또 사랑하고 싶다!

선술집 열린 문틈으로 흐르는
엔리꼬 마사스의 노래 한곡에 취해
잠시 멈추어 다리를 꼬고 감상하는 나의 모습에
객주가 나의 마음을 알아줄까...

내리는 빗소리는 아름다운 여름소리.
우산 접고 비를 맞는 오늘 종로거리는
아주 오래전에 걸었던
추억의 한 날이다.

우리 아주 오래전에 걸었던
사랑의 한 날이었던 것 같다.

빨간 원피스

오늘 전철에서
빨간 원피스 여인을 보았네.
그녀 떠난 세월이 언제던가...
30여년 지난
그날의 모습을 보았네.
원피스가 잘 어울리는
그녀는 빨강색을 좋아했었지.
물방울이 뚝뚝 떨어지는
빨간 원피스가 참 이뻤었지.

오똑한 콧날
반달 내려앉은 눈썹 그대로
어찌
30여년을 내게 걸어오려나
사랑스런 발걸음이...

48

걸음도 멈추고
숨도 멈추고
그냥 그리운
그림만 그리워하자.

그냥
그림만 그리워하자...

보고싶은 친구

가슴에 비가 내린다.
여름 한날 내 아버지의 무덤옆에 누워
깔깔대던 나의 친구.
너도 네 아버지 보낸지
몇 계절이 지났는데
빗속에 비치는 너의 靈御를
많이 보고 싶은데..

보고픈데
보고픈데
그리워서 찾아왔는데
나의 친구!
오늘처럼 비가 오는 날.
너를 만날 수 있을까
매일 기다리고만 싶다...

선암사

섬진강 흘러흘러
승주골 들어서니
석양길 따라
고연한 목탁소리가
내려앉는다.

고찰 처마 매달린
풍경 아래에
봄 찾아온 매화가
어깨 기대어 몽우리를
틀고 있다.

세월

세상이 잠든 밤에 필려나
몽오리진 동백이
수줍게 처마 아래 앉아있네.

바람 한무리
돌담 귀때기 때리고
그믐날이련만
마실나간 바둑이 녀석은
어디서 너우러져 객잠하려나.

날 밝으면 솟대마냥 훌쩍 솟으려나
세월의 야속함이
그믐지는 이밤에
더욱 느껴지는 중년의 표상.

그래도 가라하네
세월속으로
그래도 가려하네
중년의 세월속으로...

우리 형

형이 보고싶다.
낙엽 떨어진 남원길을 지나니
우리 형과 지리산 갔었던 그 길에
십여년전 하늘로 간
형의 얼굴이 길 위에 깔려있다.

잘 생긴 우리 형
자기보다 내가 키가 더 크다고
꺽다리라고 늘 불러주던 허허실실
나를 예뻐해 주었던 형...
그 형이
가을날 나를 찾아와
여행길에 동행을 하고 있다.

바람비

방울방울 겨울비가 차창을 그립니다.
그리운 님 얼굴
눈이 그려지고
코가 그려지고
입술이 그려집니다.
그렇게 바람비에
님의 얼굴이 그려집니다.

황혼 가는 길

훠이훠이 훠이훠이
질라래비 훠이훠이

내일도 오늘처럼
산자락에 구름쉬듯
뭉개뭉개 도란모여
이바구 저바구
세월을 놀아보세

훠이훠이 훠이훠이
먼저가면 무엇하나
그곳에서 만날텐데
내손잡고 마실가서
막걸리나 한잔치세

훠이훠이 훠이훠이
이것이 사는 걸세!

추풍령 고개

구름 내려앉은 마을
하루 두번 오가던 기차도 멈춘
철길 위로 도롱도롱 모인
빗소리가 아롱댄다.

산등성 넘어온 봄꽃향 한줌이
구름을 타고 흘러가고
저녁짓는 굴뚝엔
자작나무 타는 소리가
돌담길 사이마다 떨어진다.

흘러가는 나그네길
세월이 되어
길위에 남는것들 모두가
다시 피지 않는
꽃의 향기가 되어 남는다.

돌아갈수 없는 세월의 시샘이라면
주워 담을수 있는
시간의 아련함을 즐겨보자
아직 가지 않은 시간속에...

삼례천

석양 내려앉은 벌판에
아직 떠나지 못한 철새 한무리가
갈 길을 도모하며 잎방아찧네...

삼례역 지나면 마른들 펼쳐지고
그 골길 옆에 작은천이 흐르는데
어릴적 외삼촌 손잡고 와서
송사리 모래무지 잡아
초고추장에 찍어먹던
내 초립동이 시절이 그립네.

언제 이렇게 와서
그 세월 다 지나간 그리움을
세이고 있는 나이가 되었네.
그리움...
가끔 그려보세
푸른 날 하늘같은 마음으로.

제 3 장

아직은 靑春

달빛소리

달빛소리 나는 객주에서
전주 소리꾼들과 서울 놀이꾼들이
한판 신명난 판을 벌리니
언제 온 달빛이 술잔에 앉아 춤을 추네.

주거니 받거니
달빛이 왔거니 갔거니
달음 내 나는 술 향기가
술잔에 머물지 못하고 맴도는 밤.

기우는 달빛은
가을밤 속으로 넘어서 가는데
소리꾼들의 소리는
밤을 노래하고 있네.

가을밤
달빛소리 들리는 시간에
잠시나마
더 머물고 싶은 시간들...

가을익은 마을

가을익은 마을에서
벗과 술 한 잔 기울이지 못하고
돌아서는 서서림을
저녁노을에 남겨 놓고...

다 타버린
은행닢 띄운
술 한 잔의 시간을 기약하는
즐거움을 두고 가네.

아직은 靑春

봄바람이 살랑거리길래
바람타고 강마을오니
살랑거리는건 봄뿐만이 아니네...

꽃잎무늬 치맛자락 춤출때마다
사내녀들 가슴도
스리살짝 설레임이
아직은 청춘인가 하네.

강바람이 술렁거리길래
바람타고 강마을오니
술렁거리는건 봄뿐만이 아니네...

아직 떠나지 못한 철새가
갈대숲 자락에 모여
옹기종기 종기옹기
아직은 청춘인가 하네.

남도 친구

친구!
자네가 보고 싶어
무작정
아침을 나섰는데
벌써 해가 떨어지고 있네.

친구!
자네 계신 곳이 그리도 먼가?
그냥
저녁 술상이나
조촐히 차려놓게....

가는 세월

비가 올 듯
눈이 올 듯
옥천골 마을에 걸린 구름이
숨을 토하고 있네.

바람을 따라 흔들리는
억새의 무표정함이
이 겨울의 쓸쓸한
글 한줄 남기고 계절속으로
넘어서 간다.

고독.
고단함.
중년의 하루가 간다...

막걸리 한잔

산이 있어 산에 간다고
산에는 친구가 있어 산에 간다고
그 누가 말했던가 내가 말했지^^

갈수난 계곡 바위퉁이 앉아
힘겨운 호흡 한줌 뱉아내면
다왔으니 믹걸리 먹자! 꽁지치는 친구놈.

여름날 첫사랑소녀 젖가슴 내음이
청춘의 가슴에 아직 남아서
산길에 떨어져 있는것도 아닌데
힘이 난다...

정상 다왔다고 시렁 부렁 꼽치는 친구놈.
하~~~저놈 오늘도 나를 꼬드긴다.
오늘도 꼬드김 넘어가야지^^

그곳에 산이 있어
그곳에 벗이 있어
친구가 끌어주고
친구가 밀어주니
인생은 아직 살맛이 난다.

사나이 눈물

가을 길 떠나는
사나이의 가슴에
비가 내린다.

가을비 내린다.
떠나간 여인의
가슴에도 소리없이...

내일

겨울바람이 불러낸 잎새는
나무에 걸려 시들어 있어
안개 젖은 울음소리만 뱉아낸다.
언제 떠나고
언제 왔는지
세월은 내 곁에 머물러 있지만
가는 것은 아쉽고
오는 것은 또 담아야하는 마음의 무게.

길 위에 스치우는 흔적마다
의미가 있고 존재의 이유가 있어
언제 떠나고
언제 왔는지
흐르는 시간의 공전에서
아직도 내게는 남은 이야기와
눈속에 묻힌 설송 한 닢을
아름답게 그리고픈 설레임도
이 시간속에 담아 두고프다.

오봉산에 가면

친구들 초대해 놓고
지난밤 밤새 둘레길에
눈을 뿌려 놓은
거짓부렁이 내 동무...

사람 무시해도 적당히 하지!
동네 뒷산보다도 못한 오솔길을
산행이라고 부르면
안되는거요...

오늘은 꼭 이바구에 속지 않으마!
동네 어귀 주민센터에 걸린
태극기 앞에서 맹세까지 하고 왔는데
오늘도...

귀엽기라도 히면
깨물어라도 줄텐데
산을 좋아해서 산을 닮아
사슴같은 슬픈 눈을 가진 늑대^^

오늘이 가면 내일은 봄꽃이 필듯
오봉산 아래에는
음식 배달 오봉은 없고
사이좋은 오형제가 어깨 기댄체
읍내장에 간 엄마를 기다리고 있다.

청계골 산새소리

어제 만난듯한 친구들의
어제 갔었던것 같은 길에
늘 익숙한 재잘거림이
산길 걸음마다에 떨어진다.

사십년지기로 함께한 세월처럼
계절이 돌아오면
그 자리에 다시 찾아오는
능선의 진달래 향기들이 되어
우리들의 아름다운 이야기를 만든다.

산새우는 소리
동무들의 재잘거림이
산등성이 돌아돌아
청계골 길목마다에서
속삭이는 그리움으로 남는다.

그리울때 하나씩 꺼내
보고싶은 동무에게
바람에 실려보내면
동무의 휘파람소리가
또 바람을 타고 내게 오겠지...

낮달

찬바람이 불면
강 넘어 나룻배가
건너지 못한다고 손짓을 한다.
강뚝길 만나는 곳은
갈대늪만 무성한 삼월이란 세월
그데 따나고도
몇 개의 세월을 지나온 흔적들이
낮달에 걸려 있다.

내 친구는 거짓말쟁이

아침이슬 먹은 무지개 따다
숲길마다 조각내어 붙인
붉은 푸른 노오란 잎새날리는
산등길 한줄로 걸으며
자작거리는 동무들 모습이 아롱다롱하다.

검정교복에 까까머리채로
야구장 줄을 섰었던
그 아이들이 가을속에 놀러와
앞서거니 뒷서거니
사람 구경나온 다람쥐 마을을 지난다.

이 고개만 넘으면 다왔다!
까까머리놈 또 거짓부렁이네.
저 소리 열 번 스무번 속았는데
오늘은 안 속을란다...
오늘도 오늘도
가도 가도 깔딱고개만 나오네.

그때도 이맘때 가을

언제였던가
꿈을 꾸듯 우리들의 시간
몰아치는 비바람과 바위틈 사이
사랑의 진실과 기쁨
알 수 없는 희열과 짜릿한 전율
숨을 쉬는 우리들의 가슴 안 미래
밤에 生을 영유하는 모든 존재도
눈을 감아준
조그만 바위틈 사이 우리 둘
그러나 이젠 추억.

언제였던가
꿈을 꾸듯 우리들의 시간
몰아치는 비바람과 바위틈 사이
그때도 이맘때 가을
비바람이 나를 부른다.
그러나 너는 아니다.
바위틈 사이 우리의 체온을 식어 있다.

그러나 나는 있다.
사랑의 허울에 춤을 추었다.
가을은 네게 또 하나의 고독을 심는다.

언제였던가
꿈을 꾸듯 우리들의 시간
몰아치는 비바람과 바위틈 사이
그때도 이맘때 가을.

귀로 (歸路)

힘겹고 버거운 짐을 한꺼풀 벗어낸 것 같다.
나 이상으로
더 아파했을 마음을 안아주려 했는데
망설이고 망설이다 오늘...
비로소 용기를 내
그냥 소식이나 알려고 했는데
무겁도록 나를 누르던 그녀 목소리를 들었다.
떨린 내 목소리가
유선을 타고 전해졌을 그 아픔을
다 떨쳐내지 못하고 또 뭔가가 남는다.
그녀와의 영상더미들이
아직도 못내 남아 있는 것인가 보다.
한번쯤은 보고 싶은데...
한번쯤은 보고 싶은데
그런 시간이 올까봐 두려워진다.
그래.
비라도 내린다면
감춰진 마음을 조금이나마 숨길 수 있으리라.

그녀와 나의 만남은
늘 비를 동반하고 있었지.
의미를 부여코저 찾아든 길은 아니었지만
너무 많은 사연이 살아있어
조금은 덜어내려 했는데
마음은 더욱 무거움으로 엄습해 온다.

행복을 축원해 줄
마음마저 상실하고 있었던 것이 아닌가
내 스스로 물어보지만
가슴이 저려오는 바람을 느끼는건
빗속을 헤매는 탓만은 아닐 것이다.

인생

한치앞도 모르고 사는
민초의 인생!
덧없어라...
슬퍼하지 말고
살아라...
어차피 우린 짐승이고
화양연화의 시절도
다 갔는데 뭐가 있것수?

머무는 사랑은 없다

내 반쪽을 쓸어안고
바람에 날리어도
이 험한 세상을 살아갈 수 있을텐데
아직은
뒤에서 바라만 볼 수밖에 없는
현실의 무거운 존재가
시린 겨울을 느끼게 한다.

기다리는 즐거움이 있어
세상은 아직 살만한 가치가 있다고 했는데
서두르는 마음이 밉기만 한
세월의 흐름이여.

바람처럼 살다
머무는 자리는 어디일까!

제 4 장

꽃 길

동행

보고파서 보았는데
즐거운 웃음소리가
산등성이 돌아
동무들 귓가에 맴돌고
라일락 향기는
기울이는 술잔에 차여
진한 맛깔을 채우네.

가지 못하고
마음만 그곳에 머문 아쉬움으로
다음을 기약하며
동무들 얼굴 떠올리는
이 시간의 즐거움이
행복한 그대들과 동행이었네.

행복한 그대들과 동행이었네.

애련(愛戀)

님이 가신 날이 가까이 오면
마음을 닫아겁니다.
혼자라는 외로운 무게로
님의 존재를 서슴플 불러 들여
안부를 해 봅니다.
이 계절의 아픔만큼
닫아건 세월의 힘겨움을 아느냐고 물어보렵니
다.
나만이 그러해도 힘들지 않지만
그래도 알아보렵니다.
내 사랑을 그리도 박절히 하신
사련을...

여로

9월의 풀잎
가을 기운을 입은
이슬 한점이
연약한 숨소리를 낸다.

가냘피 접힌 손길이
새벽바람에 날릴 때
연약한 숨소리는
사랑을 갈구하는
애절한 목소리가 된다.

긴 여로의 시간이
짧기만 하다.

등불처럼

가을바람에 떨어지는 은행닢이
가로등 불빛에 노오란 하트되어
거리로 날리는 새벽이 오는 시간.

그대 지나갔을 거리를 걸으며
그대 발자국 소리라도 들릴 듯
소곡걸음으로 집을 향한다.

여명이 오고
아침이 오고
이 거리에 떨어진 은행닢은
누구의 하트가 되고
누구의 사랑이 되어
아직도 사랑할만한 세상에서
우리처럼 만나지겠지.

아직도 사랑할만한 세상에서
우연이 사랑으로
사랑으로 등불이 되 듯이...

꽃길

이만큼 왔네!
가야할 날이 또 얼만큼 남았는데
이제부터 가는 길
그 길 위에 깔린 것이
꽃이 만이면 좋아라 좋아라...
가슴에 그리며 살아보세나!

누가 그러더라고 하며 살아가세.
이제부터는 꽃길만 걸으라고...
꽃길 깔아주지 못하면서
입만 살아 이바구쳐도 밉지 않은
그 사람 얼림소리 잊지 않고
꽃길만 걷는 행복함 얻으시게!

어둠 깔릴 때쯤 찾아든 친구의
어깨위에 가볍게 손을 얹고
적당히 못난 주모 치맛자락위 걸터
송송 겨울내 품은 간고등어 한 점에
소주 한잔 꺽는 즐거움도
꽃길 가는 길에 들러 보시게나!

조각 인생

가을 젖어드는 잿빛 도시에
아직 귀가하지 못한 반달이
아침 하늘에
서러이 떠돌고 있다.

어깨에 내려앉는
가을바람의 스산함.
골목 귀퉁이 수줍게 핀
봉선화 두송이도
계절을 부둥켜 안고 있다.

가고오는 것이 세월이던가
세월이 가고오는 것이던가
몽매한 작은 존재이기에
이 가을...
시름에 흩날리는 조각일 뿐이다.

사만리 멀리
플로리다 바다에 길게 누운
달빛 그림자를 바라보며
집을 그리워하고 있을
내 아들이 보고 싶다...

꽃

너도 피고
나도 피고
꽃들이 만개하니
뭉개구름 떠가는
하늘꽃도 어여쁘다.

어여쁜것만 보고
꽃처럼 아름다운 생각으로
살아가자.
힘든 시간은 또
물 흐르듯 흘러 갈 것이기에...

아픔도
시련의 날도
흘러흘러가면
우리 다시 밝은 얼굴로
꽃구경가자.

때가 되면
늘 그 자리에 피는
꽃처럼 어여쁜
우리의 얼굴이면 좋겠고
우리들이면 좋겠다.

봄길

봄비 지나간 여의도 공원에
여연한 저녁이 내려앉는다.
벚꽃 피어난 자리엔
어느새 진달래 들어와
첫사랑 소녀의 미소를 머금고
익어가는 계절을 즐기고 있다.

잊을 시간이 있을때
비 먹은 꽃길을 걸어본다.
언제 다시 찾아올것 같은
첫사랑의 아련함처럼
두근거리는 가슴안으로
저녁노을이 그림지운다...

누이

우리 누이 시집갈 때
예쁘게 분칠했던 분꽃이
가을비 내리는 탄금대에
고운 향기 뿜어내며 수줍게 앉아 있다.

물새 한 마리
물방아 회오리 만들어 놓고
분칠한 누이의 예쁜 얼굴을
새기고 있다.

세월은 가도
분꽃 칠한 내 누이 얼굴
탄금대 호수에 남아
나를 기다리고 있겠지...

세월은 가도
분꽃 칠한 내 누이
비오는 바람따라
나를 보러 오겠지.

내 인생에 가을이 오면

내 인생에 가을이 오면
나는 나에게 물어볼
이야기들이 있습니다.

내 인생에 가을이 오면
나는 사람들을
사랑했느냐고 물을 겁니다.
그때 가벼운 마음으로
말할 수 있도록
지금 많은 사람들을
사랑 하겠습니다.

내 인생에 가을이 오면
나는 열심히 살았느냐고
물을 겁니다.
그때 자신에게 말할 수 있도록
지금
하루를 최선을 다하여 살겠습니다.

내 인생에 가을이 오면
나는 사람들에게
상처를 준 일이 없었느냐고
물을 겁니다.
그때 자신있게 말할 수 있도록
사람들을 사랑하고 존경하며
살아가겠습니다.

내 인생에 가을이 오면
나는 삶이 아름다웠느냐고
물을 겁니다.
그때 기쁘게 대답할 수 있도록
내 삶의 날들을 기쁨으로
아름답게 가꾸어야 겠습니다.

내 인생에 가을이 오면
나는 어떤 열매를
얼만큼 맺었는지
돌아보겠지요...^^

사랑위해

사랑위해
사랑을 살아가는 계절!
우리는
무엇을 사랑해야 하나...
어떻게 사랑하고
사랑을 만드나.

그냥
사랑이 있으니
사랑할 뿐인데
사랑이 있으니...
사랑위해
사랑을 살아가는 계절!

이유가 있나요
목적이 있나요
저녁하늘 꽃별에
사랑이 있어요.

안개비

비가 온다,
이 비
저 비
처마 아래에서 술잔을 기울인다.

이비 지나면
다른 계절이 찾아들어
둥지속 재잘대는 애기새처럼
도란도란 모여서 빗소리를 듣겠지...

안개비 자욱한 현충원이
발아래 조용히 누워있다.

별이 쏟아지네

사람을 행복하게 한다는 곳이 있어 찾아갔습니다.
그곳에 갔더니
행복이 있었습니다.
그리고 사람이 있었습니다.

그 사람들이 행복을 만들어 주고 있었습니다.
아득한 골짜기에서
사람들에게 행복이란 보따리를
쌓아주고 있었습니다.

그 사람들에겐 그것이 행복이라고 합니다.
그런,
그런 행복을 받는 사람들은
행복하지 않을 수 없겠지요....

행복을 만들어 주는사람들이 있는 곳은
바로 여기
밤,
하늘,
별이 쏟아지는 영월 동강이랍니다.

우리 집

우리
여기라서 좋아!
우리
모두 있으니 행복해!

너의 마음
나의 마음
우리 마음
이만큼만 있으면 좋아!

꽃이 피니 행복해.
바람이 찾아오니 외롭지 않아.
빗길에 체이는 언덕이 예뻐.
가끔은...
구름이 아침을 깨우는
우리 집.

인생살이

그 바다에 가니
술 한 잔 권하네.
내가 부서지는지
파도가 부서지는지
내가 누군지
니가 누군지

니가 좋아 내가 좋아...
인생이 좋아
네가 좋아
내가 좋아
인생이 좋아!

청산도

바다에 떨어지는 달빛이 좋아
항구의 배마다 켜져있는
등불도 아름다운
여기는 사랑의 섬이랍니다.

이대로 시간이 멈추어
저 작은 등불
어디로 가는지 따라가고 싶은데
등불은 부르지 않네.

어디서 튀어나올
사랑의 세래나데 한소절
등불따라 멀리멀리
퍼져 나가는 사랑의 섬입니다.

들꽃길

화려하지는 않지만
진한 향기를 지니지 않았지만
내 누이 엷은 볼같이
수수한 미소를 지닌
들꽃 핀 꽃길이 아름답다.

피어서 피인 듯
시들어져서 세월을 머금은 듯
우리 인생 가슴에 남는 듯
살아가는 이야기가
들꽃 핀 꽃길에 떨어진다.

잿빛 하늘만 일렁이는
계절의 끈적임이
지나간 사랑들로 남아
가는 길을 막아선다.
사랑찾아 들꽃 핀 꽃길을 걸어본다.

얼굴

그녀 얼굴이 떠오르는 날은
비가 그립다.
비오는 날이면 그녀는 전화를 한다.
버스를 타고 그녀 집 근처까지 간다.
그리고 비 그친 길을 돌아온다.
비가 계속 온 장마때는
8월의 한달동안 하루만 빼고 만났다.
그날은 전화를 여섯번 했다.
오늘은 비가 왜 안오는지 아느냐고...

그녀 얼굴이 떠오르는 날은
비가 그립다.
비 개인 오후엔 기차를 탄다.
하늘에 몇 묶음 뭉개구름 떠가는 길을 따라
기차는 쫓아간다.
여우구름, 토끼구름, 은하수구름
세다가 보면은 밤으로 가는 길
비오는 날 오후면 구름을 세러간다.
오늘은 여우구름이 어디에 숨어있을까...

그녀의 얼굴이 떠오르는 날은
비가 그립다.
오늘은 비가 왜 안오는지...

화산문고 시집시리즈
아직은 너를 사랑할 때

2020년 8월 25일 印刷
2020년 9월 1일 發行
지은이 정 용 갑
펴낸이 허 만 일
펴낸곳 화산문화

등록 : 1994년 12월 18일 제 2-180호
서울 종로구 통인동 6번지 효자상가 2층
전화 (02)736-7411~2

ISBN 978-89-93910-60-5
정가 12,000원
ⓒCopylight 정 용 갑 2020